글 한상남

충북 제천에서 태어나 청주대학교 국어국문학과, 한국방송통신대학교 영문학과, 중앙대학교 신문방송대학원을 졸업했습니다. 1979년에『한국문학』으로 등단하여 시인이 되었고, 1995년 MBC 창작동화대상을 수상하며 동화작가가 되었습니다. 쓴 책으로 시집『눈물의 혼』『지상은 향기롭다』, 어린이 책『간송 선생님이 다시 찾은 우리 문화유산 이야기』『저것이 무엇인고─그림이 된 예술가 나혜석 이야기』『강아지를 부탁해』『단추와 단춧구멍』등이 있고, 옮긴 책으로『이상한 나라의 앨리스』『인어공주』『오즈의 마법사』등이 있습니다.

그림 일루몽

아이에게 그림책을 보여 주기 시작하면서, 그림책의 세계에 매료되었습니다. 이 세상 사람들의 따스한 마음을 이야기에 담아 보고자, 고민하고 또 고민하며 그림책을 만들고 있습니다. 그린 책으로는『남준혁 멀리하기 규칙』『은지 누나 있어요?』『흙이 된 바위 삼형제』『나비의 꿈』『로미가 달라졌어요』등이 있고, 쓰고 그린 책으로는『두 친구 이야기』『갈매기 씨의 달리기』가 있습니다.

까치연은 어디로 갔을까

한상남 글 | 일루몽 그림

어린이 작가정신

할아버지의 작업실에는 연이 많습니다.
벽에는 화려한 색깔이 칠해진 연들이 걸려 있고,
작업대 위에는 마름질해 놓은 종이와
매끈하게 다듬어 놓은 대나무살도 있습니다.
할아버지는 연을 만드는 기술자입니다.

검정꼭지연과 반달연이 소곤소곤 이야기했습니다.

"어서 다시 하늘을 날면 좋겠어."

"바람을 타고 두둥실 떠오르면 얼마나 짜릿한지!"

갓 만들어진 색동치마연이 호기심 어린 눈으로 물었습니다.

"하늘에 오르는 게 그렇게 신나는 일이야?"

"그 기분은 한 번이라도 하늘을 날아 봐야 알 수 있지."

"마치 온 세상을 다 얻은 것 같단다."

연들은 저마다 하늘을 날던 때를 떠올리며 이야기했습니다.

할아버지 방에 있는 연은 모두 방패연입니다.

네모난 몸 한가운데는 동그란 구멍이 뚫려 있습니다.

구멍 너머로 가로와 세로, 대각선으로 겹쳐진

튼튼한 대나무살이 보입니다.

할아버지는 이렇게 만든 연 위에 그림을 그립니다.

같은 방패연이라도 할아버지가 그리는

그림에 따라 다른 이름이 붙습니다.

흰색 몸에 검정 동그라미가
이마에 그려진 연은 검정꼭지연입니다.
검정꼭지연과 똑같이 생겼지만,
허리쯤에 빨강, 노랑, 파랑 띠를 동여맨 연은
허리동이연이라고 합니다.

색동치마연은 이마에 태극 동그라미가 있고,

아래쪽은 알록달록 색동치마를 입은 것 같습니다.

그 밖에도 반달연, 까치연, 나비연, 액막이연 등이 있지요.

"나도 어서 하늘을 날아 봤으면! 그런데 저건 뭐지?"
색동치마연은 실을 감고 있는 나무 기구를 가리켰습니다.
검정꼭지연이 설명해 주었습니다.
"저건 얼레야. 저기 감긴 실을 우리 몸에 연결해서 하늘로 띄운단다."
"얼레는 우리가 하늘을 나는 걸 도와주는구나!"
"하늘에서 되돌아올 수 있게도 해 주지."

까치연은 혼자 생각에 잠겨 있었습니다.
며칠 전 하늘에서 보았던 새들의 모습이
머릿속에서 떠나질 않았기 때문입니다.
자유롭게 날갯짓하는 새들은 정말 멋져 보였습니다.
까치연도 어디로든 훨훨 날아가고 싶었습니다.

그때 지나가던 바람이 말했습니다.

"새들이 부러운 모양이구나! 너도 날아가게 해 주련?"

"정말 그렇게 하실 수 있어요?"

"물론이지. 실을 끊어 버리면 된단다.

새처럼 자유롭게 날고 싶다면 언제든 내게 부탁하렴."

바람은 이렇게 말하고는 다른 곳으로 떠났습니다.

그날 이후, 까치연의 머릿속은 온통

새처럼 자유롭게 날고 싶다는 생각뿐이었습니다.

"할아버지, 바람이 알맞게 불어요.
오늘 연 날리러 나가요."
"오냐, 오늘은 이 녀석이 잘 날아오를지
시험해 봐야겠구나."

할아버지는 색동치마연과
기둥이 여섯 개인 육모얼레를 집어 들었습니다.
아이는 까치연과 기둥이 네 개인
네모얼레를 집어 들었습니다.

아이와 할아버지가 연을 날리러 나가는 동안,
까치연이 네모얼레에게 말했습니다.
"부탁이야. 오늘은 나를 놔 줘."

네모얼레는 고개를 저었습니다.

"안 돼. 나는 널 보호해야 해."

"제발 놔 줘. 자유롭게 날고 싶어."

네모얼레는 고집을 꺾지 않는 까치연을 달랬습니다.

"오늘은 지난번보다 더 높이 올려 줄게."

"자유롭게 날고 싶다니까."
까치연이 짜증을 부리자,
네모얼레도 목소리를 높였습니다.
"넌 내가 있어서 하늘 높이 오를 수 있는 거야."
"흥, 너만 아니면 난 바람을 타고 마음껏 날 수 있어!"

아이와 할아버지는 바람 부는 강둑에서 연을 띄웠습니다.
아이는 얼레를 바깥쪽으로 돌려서 연줄을 풀기도 하고,
안쪽으로 돌려서 연줄을 감기도 했습니다.
까치연은 하늘 높이, 아주 까마득한 곳까지 날아올랐습니다.
그때, 하늘 저편에서 바람이 몰려왔습니다.

"바람님, 제발 제 연줄을 끊어 주세요!"
까치연이 크게 소리쳤습니다.
그러자 세찬 바람이 휘익 지나가면서
연줄을 탁 끊어 놓았습니다.

방패연은 마침내 자유로운 몸이 되어
바람을 타고 날아올랐습니다.

그러나 기쁜 순간은 잠깐이었습니다.
까치연은 금세 중심을 잃고
바람에 밀려갔습니다.

그날 집으로 돌아온 건 아이와 할아버지
그리고 색동치마연뿐이었습니다.
까치연이 어디로 갔는지는 알 수 없었습니다.
바람이 또 누군가를 꾀어내려는 듯
이따금 창문을 흔들고 지나갔습니다.

물구나무 세상보기

까치연은 어디로 갔을까

초판 1쇄 인쇄일_2025년 1월 7일 | 초판 1쇄 발행일_2025년 1월 21일

글_한상남 | 그림_일루몽

펴낸이_박진숙 | 펴낸곳_작가정신 | 출판등록_1987년 11월 14일(제1-537호)

책임편집_윤소라 | 디자인_이현희 | 마케팅_김영란 | 관리_이하은

주소_ (10881) 경기도 파주시 광인사길 143 2층

전화_ (031)955-6230 | 팩스_(031)955-6286

이메일_kids@jakka.co.kr | 홈페이지_www.kidsjakka.co.kr

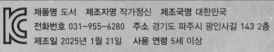

제품명 도서   제조자명 작가정신   제조국명 대한민국
전화번호 031-955-6280   주소 경기도 파주시 광인사길 143 2층
제조일 2025년 1월 21일   사용 연령 5세 이상

* KC마크는 이 제품이 공통안전기준에 적합하였음을 의미합니다.
⚠ 주의 아이들이 종이에 베이거나 책 모서리에 다치지 않게 주의하세요.